PENSÉES

par

AUGUSTE BOUTIN

avec Préface

de M. ANDRÉ LEBEY

[illegible]'AUTEUR
[illegible] LAVIEUVILLE
[illegible] (18e)

PENSÉES

par

AUGUSTE BOUTIN

avec Préface

de M. ANDRÉ LEBEY

CHEZ L'AUTEUR
26, RUE LAVIEUVILLE
PARIS (18°)

IL A ÉTÉ TIRÉ DE CET OUVRAGE

DEUX CENT CINQUANTE EXEMPLAIRES

NON MIS DANS LE COMMERCE

PRÉFACE

Un des charmes de la vie ne découlerait-il pas des perpétuelles découvertes qu'elle prend soin de procurer ? On les y accomplit, en effet, malgré soi, tant on se livre à ses habitudes. Dans la rue, au café, parmi tels groupes, vous fréquentez différentes personnes sur lesquelles, l'esprit libre, le cœur en paix, vous vous faites une idée que vous pensez exacte, totale, à peu près définitive ; puis, un jour, sous le choc d'une aventure ou, simplement, à causer avec elles au long d'une confidence, vous vous apercevez que cette idée était fausse, ou singulièrement incomplète. Ce silencieux, que vous établissiez médiocre, indifférent, ouvrait tout à coup ses écrins, révélait des trésors. Ce mondain obstiné, impeccable, promenait sous son frac nu, glacé, une mélancolie charmante, une peine de cœur invincible que son visage dissimulait aux fadeurs d'une apparente nullité plus définitive encore, à première vue, que celle de son plastron. Ce causeur perpétuel n'aspirait, au bout du compte, qu'au silence ; mais le caquetage de tous l'agaçait tant qu'il ne pouvait se résister à lui-même de le couvrir. Ce caissier, strictement occupé de chiffres, toujours soucieux de leur total, derrière son lorgnon, se découvrait un joueur forcené, dont le drame intime résidait entre l'équilibre de sa caisse personnelle et de celles dont il avait la garde. Ce mari parfait était un débauché ; ce débauché un sentimental ; ce sentimental un vilain drôle ; ce vilain monsieur l'honneur même ; et ainsi de suite. Un sentiment neuf naissait alors du contraste qui opposait la nature du nouvel homme découvert sous l'ancien, et la vôtre ; cette substitution vous changeait également. La répulsion devenait curiosité, l'intérêt sympathie, parfois. Bientôt, à pénétrer davantage la psychologie de l'être qui se transformait sous vos yeux, vous vous rendiez compte que vous étiez au bord d'une nouvelle métamorphose : presque tout ce qui s'évaporait de ses aphorismes était contraire à son essence véritable et ses sentiments, refoulés, ne servaient qu'à soulever plus haut l'écume absurde des vagues que sa parole déroulait ; la peur d'être dupe, ainsi qu'une certaine lâcheté, entretenue par la volonté constante de se montrer supérieur à ce qu'il avait fini par se certifier une illusion, ne lui permettaient pas de se réaliser, de telle sorte que, par excès de sentiment et de tendresse, ce craintif, à ne pas savoir utiliser leurs fleuves, passait pour féroce et se décernait le brevet de l'implacabilité. — N'y aurait-il pas là une méthode de légitime défense? Inversement, ceux qui sont sûrs d'eux peuvent se permettre toutes les affirmations généreuses et larges, puisqu'ils savent qu'ils détiennent le moyen de se reprendre toujours d'une croyance à laquelle ils ne s'attachent que dans la mesure où ils ne s'y perdent pas. Nous aussi, nous changeons selon l'interlocuteur, comme s'il y avait de même plusieurs personnages dans notre individualité, chacun prêt à sortir comme à l'appel, selon celui qu'il faut présenter devant l'adversaire. Tel anticlérical excessif, brutal et vide, nous agace tant que nous lui répliquons que le repos à Notre-Dame seul nous extrait du tumulte parisien, et nous évitons d'ajouter que notre regret est de n'y pouvoir distiller l'encens personnel, c'est-à-dire goûter notre pipe, adossé, cariatide neuve, inattendue, contre un des énormes piliers renflé encore de sève mystérieuse. Tel croyant, énervé sous ses propres exigences, et qui certifie l'enfer à tout ce qui refuse de s'enfermer derrière la grille canonique, nous irrite à son tour au point que nous nous fâchons : « Non, Monsieur, nul ne peut croire à rien, du moment qu'il raisonne, ce que vous seriez incapable d'essayer. » Ainsi le sens de la mesure, secret, mais profond, nous installe déjà souriant, pourvu d'équilibre, entre les extrêmes, vers une sorte de vérité vivante, en promesse. Et ici encore n'y a-t-il pas lieu d'admirer les procédés divers qui nous aident spontanément tous, pourvu que nous consentions d'écouter la mélodie intérieure contre ce qui dépasse de trop loin la portée de nos bras étendus, largement, sur tous les possibles ? Chacun, au surplus, possède sa recette, qu'il a composée savamment, à travers ses expériences, à son usage. Pas de tailleur du dehors, ici ! La vie échantillonne l'étoffe ; les yeux, la main, l'instinct choisissent ; puis on coupe et on coud à ses dimensions l'invisible complet spirituel.

De ces thaumaturges d'eux-mêmes que deviennent de plus en plus les citoyens d'une démocratie, A. Boutin m'apparaît un des plus subtils parmi ceux qui se muent en ennemi de soi, à force de vouloir tendre, sans un instant de faiblesse, à en être le mentor le plus sûr, le conseiller le plus prudent, mais dans l'exigence négative. Pas une de ses Pensées, souvent desséchantes par leur rigueur arrêtée, qui ne laisse percer le regret d'y être, ou plus exactement, de s'y croire contraint. Ainsi que l'observait déjà Stendhal, la hantise d'être dupe ne tendrait-elle pas, autrement, à le faire devenir, et sur le sol trop aride d'un doute trop imposé, —du plus mauvais,

— de ce qui navre, de ce qui finit par déconcerter jusqu'à l'entendement, d'abord tout à fait logique et noble, qui y a conduit ? Constatation précieuse, elle aussi contradictoire, néanmoins évidente, c'est par suite de ce sentiment même, qu'il n'a pas manqué de s'avouer, dont il m'a fait part, opposant ce qu'il nommait mon optimisme à ce qu'il appelait son scepticisme, que M. Boutin m'a fraternellement réquisitionné afin de préfacer son recueil. Il savait bien, en effet, que si j'apprécierais l'esprit scientifique de beaucoup de ses maximes, ma sensibilité se heurterait trop à l'absolu de quelques autres pour ne pas réagir contre. — Les différences sont nécessaires ; elles entretiennent le mouvement du monde.

Devant d'inexorables exigences qui, de part et d'autre, démolissent les frontières de la Liberté, en admettant qu'elle en comporte, — ce que je crains, — car la sagesse croissante du genre humain devrait les rendre inutiles, il me semble, parfois, qu'on a trop dépouillé la vie au risque de la perdre, à la longue, ou de la flétrir. La Vérité sort toute nue du puits légendaire, mais elle est vivante, belle et jeune, la peau lisse, et le miroir qu'elle impose à notre regard signifie que pour l'aimer, pour l'étreindre, pour la rendre mère, il faut nous égaler à elle. Sa nudité, qui l'exprime, n'a d'autre but que de la rendre plus tentante. Elle entend n'être vaincue qu'à force de désir, pour se perpétuer. Elle ne veut pas mourir. Elle est immortelle. N'oubliez pas, enfin, vous, ses serviteurs, que si vous ne savez plus la rendre admirable, elle ne saura, pour sa part, toucher personne. Ne devenez donc pas les mauvais mages qui ne feraient sortir des entrailles de la terre, à travers la nappe d'eau dont le cristal ne se repose, si clair, que pour dépasser, de toute la clarté d'une sagesse lucide, l'élément glauque, merveilleux, mais encore trouble, d'où naquit, là-bas, vers la grève d'or, l'Anadyomène, qu'un squelette, — celui de la plus haute recherche à laquelle se soit appliqué le génie de l'homme. N'y aurait-il pas, en effet, une façon de présenter la Vérité qui risquerait d'y aboutir et, contrairement à son objet, ne manquerait pas d'en éloigner ? Evoquons, afin d'éviter cette surprise, ce que le monde perdrait à la méconnaître, par manque d'enchantement. D'autre part, ne décrète-t-on pas un peu vite que tout ce qui critique, juge, décide, tranche, dans le sens des dogmes négatifs, est, non seulement une vérité, mais la Vérité, la seule ? Jadis l'excès contraire, encore plus haïssable, amena une salutaire réaction. Celle-ci, à son tour excessive, en appelle une autre. Que sais-je ? disait Montaigne. Qu'en savons-nous ? dirons-nous, à notre tour, le Doute ayant besoin, pour être juste, de s'appliquer aussi bien à la croyance qu'à l'incroyance. J'ai d'autant plus raison de m'appliquer à ces examens sans parti-pris que l'affaissement observé dans les édifices matériels et intellectuels, religieux ou moraux, de la société contemporaine, exige surtout, le travail d'analyse une fois fait, un effort de reconstruction.

Or, pour construire, il faut aimer, il faut croire, il faut se sacrifier. Le mouvement même du monde moderne marche donc à l'inverse de ce qui était de mise hier et je me demande si, déjà, les grandes Raisons, les Sentiments puissants, les Règles exactes, que postule en secret l'Humanité actuelle, ne sont pas au milieu de nous, à la manière d'invisibles dieux que nous frôlons sans les voir, par manque d'attention, faute de ce regard intérieur que de plus méditatifs possèdent. Ces ombres attendent d'être révélées. Elles peuvent vivre, à leur tour, dans nos âmes où elles résident, par nos actes, grâce à notre ferveur. Elles ont besoin de se définir dans le marbre et dans le grès, sous le ciseau, au jet du bronze, par le pinceau sur les murs des Temples, et de s'y affirmer tutélaires au centre de leurs chapiteaux. Ne serait-ce même pas cet effort là que les Heures qui sont les nôtres réclament de nous? La Pensée et l'Action n'ont pas encore trouvé leur équilibre dans le monde moderne, parce que l'Action, surtout depuis tout ce qui a été détruit, réquisitionne d'abord, impérieusement et tant, que le loisir de la Pensée fait défaut, mais c'est déjà beaucoup que l'Action et la Pensée cherchent leur équilibre, parce que tout démontre, jusqu'au décousu des actes multiples accomplis, qu'elles ne peuvent guère, faute de se perdre l'une et l'autre par des excès dangereux, se séparer complètement. Ce premier point acquis sera fécond en conséquences salutaires.

Je crois qu'il en sera de même de la Libre-Pensée et de l'idée religieuse émancipée — enfin — de tout dogme étroit. Sur ce terrain aussi la Liberté aurait besoin d'être tout à fait triomphante. Elle est en route pour le devenir, mais il ne me semble pas qu'elle ait encore atteint son but.

La bataille du libéralisme, d'ailleurs toujours perdue et toujours gagnée, tour à tour, est aussi vieille que le genre humain; elle ne cessera vraisemblablement qu'avec lui. Sans remonter trop loin, encore que l'histoire qu'il y aurait lieu d'en écrire serait bien intéressante, rappelons, sans nous arrêter à la lutte de Port-Royal avec l'esprit jésuitique, ni aux conséquences graves, à plusieurs échéances, qui en résultèrent pour notre patrie, et avant d'évoquer Lamartine qui avouait à Dargaud avoir supprimé plus d'un passage des Girondins afin d'éprouver moins de violence de la part de l'Eglise dressée contre lui, les travaux, — trop oubliés, à notre sens, — de Benjamin

Constant sur la libre-pensée religieuse étudiée en dehors de tout dogme, aussi bien dans son grand ouvrage publié de son vivant : *De la Religion considérée dans sa source, ses formes et ses développements*, que dans celui qui parut après sa mort par les soins de Matter : *Du polythéisme romain considéré dans ses rapports avec la philosophie grecque et la religion chrétienne.* Tandis que Châteaubriand avait commencé avec le *Génie du Christianisme*, dédié au « Général Bonaparte », à défendre la poésie de la religion chétienne vue par un catholique spécial et comme il n'y en avait plus guère dans le clergé, mais pour aboutir sans doute, par l'adresse de ce clergé, au rebours même de ce qu'avait rêvé le narrateur d'Atala, Benjamin Constant, du côté du protestantisme, tentait, non pas le même effort de restauration du culte, mais la courageuse aventure de libérer le sentiment religieux qu'il exaltait ainsi émancipé, en en soulignant les bienfaits, de toute tutelle comme même de toute pratique extérieure stricte, imposée du dehors. « Nous serons forcés de nous demander, disait-il, si, en repoussant le sentiment religieux, *que nous distinguons des formes religieuses*, et en se conduisant suivant la règle unique de son intérêt bien entendu, l'espèce humaine ne se dépouille pas de tout ce qui constitue sa suprématie, abdiquant ainsi ses titres les plus beaux, s'écartant de sa destination véritable, se renfermant dans une sphère qui n'est pas la sienne, se condamnant à un abaissement qui est contre sa nature ? »

Remarque à faire : au début du vingtième siècle, Walther Rathenau, juif quant à lui, a eu le même accent, peut-être empreint de plus de certitude encore : « Nous ne sommes ici-bas ni pour posséder des biens matériels, ni pour exercer le pouvoir, ni même pour jouir du bonheur ; le seul but de notre existence consiste à dégager de l'esprit humain son essence divine. » — Au soir de son existence, Victor Hugo, dans un de ses livres les plus curieux et les plus beaux, qu'il n'avait pas publié de son vivant, de peur d'apparaître trop bon à ses contemporains, *Post-Scriptum de ma vie*, professe la même croyance, et on sait que George Sand suivit également cette sorte d'aspiration spiritualiste confiante qui fut celle de la libre-pensée française tant qu'elle dut tenir tête à l'Eglise ou, dans son sein même, introduire le respect du choix personnel accompli par l'intéressé scrupuleux à ne dépasser en rien le raisonnement intérieur de la conscience. « L'homme a besoin du rêve », écrivait celui qui prédit la Fin de Satan. « La foi à travers le dogme est bonne, la foi immédiate est meilleure. » Plus tard, dans un de ses plus beaux ouvrages, *Le Japon inconnu*, Lafcadio Hearn devait signaler, vivants comme une sorte de sens musical immédiat de ce qui doit être, la religion innée et le devoir instinctif. Y aurait-il entre les grandes idées, les grands hommes et les grands artistes de tous temps, de tous pays, une sorte de similitude constante ? A propos des religions, Hugo décidait : « Louez-les toutes : dans la mise en poussière de cet immense miroir brisé, dans ces innombrables morceaux balayés en tas, vous verrez resplendir l'étoile unique. De tous ces portraits de la Vérité, difformes jusqu'au mensonge, une fois que vous les aurez jetés à terre, l'image auguste se dégagera. De toutes les religions détruites sort l'indestructible, car ce qui manque aux religions, c'est la religion. » Il observait : « L'athée croit plus qu'il ne l'imagine. » Je me permettrai d'ajouter, tant je crois pour ma part la croyance innée à l'être : il croit autrement. Aussi s'entraîner systématiquement à ne rien croire, par principe, dans des jours comme ceux que nous vivons, est-il, par bien des côtés, absurde, et peut-être la libre-pensée véritablement libre, qui ne s'interdisait rien, même de croire, menait-elle mieux la lutte contre le cléricalisme que celle qui en devient un autre, opposé. Carlyle assurait le scepticisme « une préparation à une meilleure et plus large « voie de la croyance. »

Comme Hugo, qui disait encore que la conscience n'était « autre chose qu'une sorte d'intuition de la géométrie mystérieuse de l'ordre moral », Constant, avant lui, affirmait sa prédominance : « La Nature n'a pas placé notre guide dans notre intérêt bien entendu, mais dans notre sentiment intime. Ce sentiment nous avertit de ce qui est mal et de ce qui est bien. L'intérêt bien entendu ne nous fait connaître que ce qui est avantageux ou ce qui est nuisible. Si donc vous ne voulez pas détruire l'œuvre de la nature, respectez ce sentiment dans chacune de ses émotions. » Bernardin de Saint-Pierre avait parlé de même. L'homme politique, chez lequel cette vigueur du sentiment religieux s'était maintenue à travers tant d'événements formidables et contradictoires, expliquait encore sa préférence par ceux-ci : « Qu'avons-nous vu dans l'Europe depuis vingt années ? L'intérêt bien entendu régnant sans rival... Il a servi à maintenir l'ordre dans des temps désastreux, — l'ordre est nécessaire au bien-être, — mais il a sacrifié à l'ordre extérieur tous les sentiments dont l'explosion pouvait être trop au-dessus. L'ordre est toujours, en apparence, du côté de la force : l'intérêt bien entendu s'est placé aussi du côté de cette force, sinon pour la seconder, au moins pour lui aplanir les obstacles. Il a plaint les victimes, mais quand on les traînait au supplice, il a veillé à ce que l'ordre ne fût pas troublé. Il a laissé tomber les têtes et il a garanti les propriétés. Il a empêché le pillage et facilité le meurtre légal. Il a servi au développement des facultés intellectuelles, mais en les développant, il les a dégradées. On a été spirituel, mais l'esprit s'est dirigé contre tout sentiment qui n'était pas égoïste. L'abnégation de soi-même est devenue l'objet de la dérision. On a flétri par l'ironie, rabaissé par le dédain, la nature humaine, et l'on a dit que c'était une raisonnable appréciation des choses ou une piquante gaieté. Par cela même qu'on était spirituel, on s'est complu dans une sorte d'opposition tant qu'il n'y a pas eu de danger : l'intérêt bien entendu a permis à la vanité de critiquer indifféremment le bien comme le mal. Le péril a paru, et l'intérêt bien entendu a conseillé d'applaudir prudemment au mal comme au bien, de sorte que sous le pouvoir modéré, on s'est montré frondeur, et sous le pouvoir violent on s'est montré servile. Les vertus ont subi les mêmes dégradations que les facultés... La véritable source était tarie. » La force des premiers chrétiens était d'avoir placé leur point d'appui hors de l'égoïsme. Or, dans la résistance à l'injustice du monde présent au nom d'une justice supérieure, Benjamin Constant découvrait un sentiment religieux et entendait le libérer de toutes les formules fermées. Psychologue du doute et du scepticisme, mesurant que l'un et l'autre menaient à la servitude générale, il s'efforçait de libérer ce que les Eglises avaient enchaîné, ce feu initial qui représentait pour lui le sentiment indéfinissable qu'il estimait religieux, car il découvrait dans le cœur une délicatesse à laquelle le dogme et le rite, tels qu'ils étaient, ne savaient plus répondre. Aussi est-ce entre le oui d'une religion formulée et le non de l'incrédulité absolue qu'il se plaçait, persuadé d'avoir raison contre les deux et, sur cet autel central, de répondre aux besoins de sa conscience. Loisy a dit fort bien, tout récemment dans la *Morale humaine* : « La réalisation essentielle de la morale est dans la perfection de l'homme. »

La question religieuse réapparaît sans cesse, surtout quand elle semble écartée à jamais ; elle prend, alors, une autre forme, mais elle est là de nouveau, souvent avec une puissance plus grande. Elle fait donc partie de la vie même de l'Humanité, et il ne me paraît pas plus honnête qu'intelligent de s'en refuser la constatation. Elle reste sans solution, justement parce que les uns l'écartent en s'imaginant la supprimer du moment qu'ils la nient, parce que les autres s'en emparent alors en assurant qu'en dehors d'eux, qui s'en certifient les seuls dépositaires autorisés et patentés, elle n'existe pas. Elle vit, pourtant, et continue, indépendante, en dehors des deux, et c'est, peut-être, notre impuissance de croire qui la récuse, de nos jours, dans les partis dits d'avant-garde, ainsi qu'il en est advenu, à diverses reprises, le long du dix-neuvième siècle. Au delà des croyants et des sceptiques, afin de terminer un duel superflu, funeste, n'y aurait-il donc pas moyen qu'elle s'adressât directement à l'homme, comme cela se passe au Japon, où, sous une forme trop nationale, sans doute, mais spontanée, elle réconcilie sans fin, à travers les diversités de ses sectes, l'homme avec la Nature et la Nature avec l'homme, mieux encore, où elle fait, interprète au surplus de toutes les traditions d'Orient, qu'ils ne se séparent pas? Ce qu'il y eut de fatalisme excessif dans cette entente ne risquerait pas d'être en Occident, imprégné encore profondément par la révolte de justice chrétienne contre les insolences du Destin, armé, en plus, contre celles-ci par des études scientifiques créatrices qui ne cessent de se développer. Stimulé dans une pareille recherche par l'Orient, sans avoir à craindre ainsi ses côtés souvent troubles, l'Occident apporterait à la synthèse du monde un élément de premier ordre, celui de la mise au point précise. Enfin, à serrer de plus près ce sentiment mystérieux, — le dernier peut-être à posséder en entier, — mais invincible, permanent à travers tous les âges et toutes leurs transformations, l'homme s'apercevrait sans doute qu'il se trouve, pour une grande part, dans la Nature elle-même comme dans la sienne propre. S'il y a révélation, en réalité, il n'y en a qu'une et elle est universelle, car elle n'est autre chose que la conscience et la raison de l'homme, et elle n'est pure que par celles-ci. Par elle, le chrétien résigné et le stoïcien impassible, non seulement se rencontrent, se retrouvent, mais se dépassent vers un être réfléchi, actif et fort, passionnément généreux, dont nous n'avons pas encore su extraire la donnée spirituelle.

Il est plus vivant, en tout cas, que les religions, parce qu'il a plus que leurs fidèles et leurs maîtres actuels, malgré les apparences, ce qu'il faut afin de les comprendre. Il est plus libre qu'eux aussi, qui ne le sont pas, car on ne paraît pas avoir assez observé à quel point un sacerdoce confisque à son profit le sentiment religieux et, parfois, sincèrement, tend à le corrompre, ce qui altère la pensée, rabaisse l'âme, diminue l'être physique lui-même. C'est la Liberté qui détient l'avenir de l'espèce humaine dont la grandeur périt avec elle. Rendre au sentiment religieux la même liberté qu'à la Raison, en dehors des dogmes et au-dessus d'eux, voilà, peut-être, une des tâches du siècle où nous vivons, car les religions qui tendent à leur décadence, et même l'ont commencée, nuisent toujours à la véritable et naturelle morale, en elle-même d'un ordre supérieur à leurs calculs. En dernier lieu, comme jamais une philosophie n'a pris la place d'une religion; comme jamais non plus le sentiment religieux ne rentre dans un symbole d'où il s'est envolé, dépouillé de toute une partie du respect qui était à la fois sa défense et son rayonnement, c'est bien devant nous, courageusement, fervemment, lucidement, qu'il faut regarder. La Liberté elle-même en bénéficierait, car elle cesse de vivre quand elle n'est pas servie, défendue et conservée par des âmes fortes qui puisent en elles, ainsi que dans les exigences qui les environnent en les pressant de choisir, le sentiment du devoir. L'absence de la liberté, ainsi entendue, amènerait un autre danger ; l'horreur du despotisme conduit, en effet, toujours à remplacer ses chaînes par d'autres, plus atroces encore ; la révolution qu'il suscite, en général, ayant besoin d'autorité à son tour pour le renverser, puis de tyrannie pour se maintenir. Le bienfait de la Liberté, au contraire, engendre, comme d'elle-même, la réforme appropriée au temps qui la conditionne. A moins qu'on ne la confisque en la camouflant pour mieux dissoudre à l'avance les sursauts possibles, elle écarte ainsi le danger révolutionnaire.

Si l'on estime qu'il se dissimule une faiblesse dans le besoin d'une croyance, — ce que je crois insuffisamment et mal évalué, — on a le droit d'observer, bien davantage, qu'il se révèle une sorte d'incapacité, ou même une crainte encore moins virile, dans le refus d'entendre, de suivre, puis de préciser, non seulement l'élan naturel de l'être, mais un de ses désirs les plus profonds. Or, pourquoi se le refuserait-il, puisqu'il y trouve un de ses épanouissements et qu'à la faveur de cette recherche il est amené, quand il en a le besoin, à équilibrer en lui, vers un idéal très haut, ses meilleures qualités, ses plus nobles vertus ? Je ne saurais tolérer qu'on lui impose celles-ci, — elles seraient de la sorte, imparfaites, — ou qu'on les dénie à celui qui ne détient pas cette aspiration, mais, du moment que le croyant libre et le penseur libre, indépendants de toute domination dogmatique, dépassent à la fois, d'eux-mêmes, le credo matérialiste de la négation et le credo spiritualiste des religions vers une recherche désintéressée en une croyance qui répond à leurs aspirations personnelles, je ne distingue que l'Eglise qui puisse s'en plaindre et jeter l'anathème, car elle seule est atteinte alors, dans ce qu'elle considère sa prérogative, et non la libre pensée.

Nous vivons une époque difficile où nous n'apporterons aucune solution à aucune des questions angoissantes qui troublent l'esprit humain en interdisant quoi que ce soit au bénéfice d'un retour vers les formations mortes du passé. Certains jeux solitaires, stériles, qui consistent à démonter les ressorts, déjà brisés au surplus, du monde, sans rien indiquer pour mettre à leur place, ne sont plus de mise. Maladroite entreprise, — selon moi du moins, — que de répondre à ceux qui disent tout impossible sans l'absolu du Ciel, en exigeant à notre tour un autre absolu, celui du Néant, et qui sait si ce ne sont pas ces deux absolus, opposés sans résultat l'un à l'autre, tandis qu'il n'en sort rien, qui, pour certaines choses, acculent le monde à l'impuissance manifeste dans laquelle il s'épuise ? Il y a une sorte de mauvaise jouissance à travers le pessimisme qui s'entête dans l'abandon et le mépris de tout, afin de se libérer d'agir et de se justifier, par une mauvaise raison, de ne pas le faire. L'Humanité a froid et ne sait plus sa route; elle a besoin qu'on la réchauffe et qu'on l'aide à la retrouver.

Pareille, dans la tragédie religieuse, à l'Angleterre dans la tragédie politique où elle perd généralement les premiers actes, mais gagne invariablement le cinquième, l'Eglise a toujours bénéficié, tour à tour, de notre exclusivisme ou de notre libéralisme. Pourquoi? Parce que les troupes, dites d'avant-garde, abandonnent peu à peu sous la direction de chefs médiocres et butés, sans culture réelle, la tactique et l'entendement de ceux qui les avaient libérées d'abord de l'oppression différente et cette erreur se commet par suite d'une systématisation peu compréhensive de leurs croyances opposées, qu'eux transformaient, — je le répète, car toute la faute réside là, — émules de leurs adversaires, en dogmes impératifs. L'Eglise absolutiste obtenait ainsi de ceux mêmes qu'elle redoutait ce qu'elle recherchait par-dessus tout : la faculté de prétendre et de prouver, par ceux qui la régularisaient, — car il n'y a aucun sectarisme dans notre pensée, — si mal qu'ils en arrivaient à faire son jeu, qu'il n'était possible de croire que chez elle, puisque partout ailleurs toute croyance était, non seulement impraticable, mais encore interdite. Ce qu'il y a de stupéfiant, c'est que ces groupes dits avancés, les Sociétés diverses qui les soutiennent, enfin la démocratie elle-même, n'ont jamais, à aucun moment, cessé de renouveler, en l'accentuant au fur et à mesure, cette faute qui les livrait. Il serait temps de ne pas y persévérer. Ce qu'on nomme la Libre-Pensée, qui n'est pas toujours assez la Pensée libre, risquerait cette fois de ne pas s'en relever avant longtemps. La Bêtise seule, — une bêtise immense, insondable, — égare ceux qu'on l'amène en sous-main, habilement, à préférer comme pontifes ; mais à se manifester avec trop d'esprit de suite, cette bêtise apparaîtrait aux yeux des profanes, qui ne savent pas, si surprenante qu'elle prendrait cette fois les allures d'une trahison, et discréditerait l'organisation elle-même. C'est bien, en effet, en abandonnant et en repoussant le libéralisme religieux, en fermant brutalement, on ne sait pourquoi, les horizons ouverts par lui, que les libres-penseurs qui, de plus, semblant se renier eux-mêmes, cessent de recruter les masses, tout en les repoussant vers ceux qu'ils assurent vouloir dépasser, alors qu'ils s'en rapprochent par un sectarisme que je ne me lasserai pas de signaler comme parallèle, encore qu'opposé.

Benjamin Constant, lui aussi, vécut ce drame d'être combattu, récusé, suspecté et renié, incompris par ceux qu'il défendait mieux qu'ils ne pouvaient le faire eux-mêmes, en s'efforçant de les rendre à la conscience intelligente de leur devoir comme de leur intérêt, tout en les sauvant de l'imprévoyance et de leur propre stupidité.

★

Des essais comme ceux d'A. Boutin sont favorables à la nouvelle mission, car ils en démontrent l'urgence, sans s'en douter. Ils tassent le terrain. Ils font table rase pour autre chose. En plus d'un passage l'auteur l'avoue, à contrecœur, et faut-il que le monde l'ait blessé pour qu'il en soit arrivé à se faire autant de mal à force de dompter sa nature première qui était de confiance, d'abandon affectueux ! Nulle meilleure preuve de son cœur aimant, sentimental, auquel il n'a pas osé croire assez, comme de la nécessité d'améliorer par l'émotion attentive des êtres eux-mêmes une Société destructive, cruelle au point de l'avoir réduit à une pareille misère : la servitude de ne croire à rien.

Nous nous débattons dans les contradictions accumulées d'une époque qui se payera de mots de moins en moins, qui tend à y parvenir, en tous cas. La réalité, de mieux en mieux étudiée sous toutes ses faces, sera sa pierre de touche. Les facilités d'avant-hier, qui autorisaient toutes les négligences, comme tous les à peu près, en les entretenant même outre mesure, peut-être, n'existant plus sur aucun terrain, l'individu, aussi bien que les collectivités, devront serrer de très près les matières que l'homme traitera pour s'en rendre maître, les posséder, les faire devenir ce qu'il aura besoin qu'elles soient. La condamnation, dogmatique mais superficielle, de tout sentiment religieux lui est aussi insupportable qu'une religion autoritaire qui ose décréter qu'en dehors de ce que décide son infaillibilité, elle-même isolée, soi-disant immuable, sur une conception mal comprise d'elle, superposée d'ailleurs aux sillons initiaux d'où elle ne sait plus laisser monter la sève extraordinaire qui la fit éclore, autrefois, et lui permit de durer, il ne saurait rien exister de bien. Ici encore, c'est entre les deux que l'inquiétude de la pensée devant le mystère, ou simplement son souci de connaître, chercheront leur havre de grâce et d'apaisement. De même, les jeux artificiels de la politique n'intéressent plus que les gens inoccupés, — de plus en plus rares, — parce que, de part et d'autre, ils s'éternisent sur une métaphysique, soit révolutionnaire, soit réactionnaire, d'où le contenu de la pratique quotidienne se trouve absent, métaphysique désormais dépassée, qui est la négation de l'idéal républicain, acculé comme l'ensemble de l'Europe, à l'impuissance, du fait que la réalité qui ne saurait, quant à elle, pour se maintenir, ne pas être créatrice, surtout de nos jours où elle commande, place sa vie difficile et pourtant courante, rationnelle, justement, entre les deux. Le divertissement, plutôt relatif, me paraît fini d'une apologétique stérile de ce qui fut, aussi bien que d'une critique acharnée vers la destruction de ce qui a cessé d'être. Nous n'acceptons pas d'absolu, bien que nous en éprouvions le tourment et, peut-être, parce que nous mesurons le vide qu'entretient son absence avec une douloureuse intensité, le besoin; mais si nous devons risquer un jour la faute, — sans doute, en ce cas, par nécessité! — d'en fixer un sur la carte spirituelle, nous entendons que ce soit bien le nôtre, celui qu'il fallait à la date où il sera, et qu'il nous donne pleine satisfaction. Nous ne voulons plus faire de nos doutes, de nos rancœurs, de nos regrets, ni du meilleur de nous-mêmes, persistant à travers ceux-ci, de la résignation, fût-elle fort sage, plus que démontrée et philosophique. Je ne sais quoi nous pousse, probablement la vie même, mieux comprise, plus vigoureuse, plus décisive que nos faiblesses : elle nous enseigne à les surmonter, comme elle le fait de tout ce qui l'encombre, afin d'aller en avant vers ce que l'univers réclame de nous et nous-mêmes de lui.

Il n'en est que plus intéressant de voir passer la revue du scepticisme dans ses différents aspects, les plus simples comme les plus subtils et, sous cet angle, les Pensées de Boutin s'érigent comme autant de stèles qui demeurent, en nous avertissant, au seuil du nouveau monde ou, plus modestement, du monde renouvelé qu'il s'agirait de découvrir. Elles le requièrent en plus d'une page, en note mineure, comme si l'horizon de leur cimetière, même paré de fleurs agréables et de graves préceptes, parmi les plus purs, ne leur suffisait pas ou n'y parvenait qu'au prix d'une vague amertume. Pourquoi s'interdire, au nom d'une autre incertitude, — puisqu'il n'est aucune certitude du sommet d'un certain scepticisme, — d'espérer ? M. Boutin lui-même, le jour qu'il m'apporta son manuscrit, me rappela l'inscription qui décore la tombe de Lamartine à Saint-Point, car nous avions été amenés à parler de ce prophète devant le livre de souvenirs de Charles Alexandre qui s'ouvrait sur mon bureau : *Speravit anima mea.* Et mon interlocuteur me décrivait son caractère spécial, au gothique réminiscent de 1830, dans le décor de là-bas, non loin de l'abbaye de Cluny, où monte encore, dit-on, le tilleul sous lequel Abailard médita sa mort, tandis que moi-même je revoyais sur les traces de son secrétaire le grand poète au lendemain de 1848, mélancolique, mais fier, devant son destin politique foudroyé, parce que le peuple français, d'après le mot de Dargaud, avait préféré un fétiche à un dieu.

Eternelle contradiction du cœur humain qui fait, parfois, mieux percevoir certaines nuances impondérables par ceux qui les récusent ou, même, les combattent, que par les thuriféraires qui les défendent et, à force de les ressasser jusqu'à en user l'os, les célèbrent en n'y croyant guère, bientôt, puis en s'en éloignant chaque jour sans le dire, tandis que les autres s'en rapprochent secrètement.

Speravit anima mea !

Restriction discrète, doute supérieur, aspiration élevée, mais raisonnable, splendide lampe humaine, simple et sans faute, éternelle, probablement, placée par Lamartine au seuil de l'inconnu vers lequel il montait d'une âme intrépide et calme, parce que si la Nuit lui devait donner tort, c'étaient, tout de même, sa pensée et son cœur, dans leur rationalité généreuse, qui avaient raison, parce que c'était lui qui avait allumé la lumière de ce qui devrait être. Qu'importe l'énigme qu'il allait connaître, peut-être sans en avoir conscience ! Il y entrait du sommet de sa vie, avec tout ce que celle-ci avait composé de grand, de magnifique, et cette somme était si belle que, ne pouvant croire qu'elle fût terminée, il s'offrait encore à la prolonger ailleurs en l'y perfectionnant. Mais c'était tout, et dans ce plus vaste espoir qu'entretenait, à travers sa détresse, un légitime orgueil, il s'arrêtait sur la plus douce humilité.

L'Humanité, d'ailleurs, a-t-elle jamais dépassé ce stade ? En réalité, non. L'erreur de certains, soit qu'ils aient voulu la maîtriser pour leurs fins propres, soit que d'autres raisons les aient conduits, fut précisément de l'entraîner au delà, en systématisant l'affirmation matérialiste, aussi bien qu'en certifiant celle d'une survie. Le malaise actuel n'en découlerait-il pas un peu ? Chacun a le droit de choisir ; personne celui d'imposer quoi que ce soit. La liberté, ici surtout, victorieuse une fois de plus des théories momentanément à la mode, établit la preuve de son bienfait. L'essentiel est de s'en montrer digne. C'est y réussir que de ciseler, le long de la route, le résultat de ses expériences et de ses pensées, comme l'a fait l'auteur de ce bréviaire laïque. Aujourd'hui, où nous sommes enfin à même de croire ou de ne pas croire, n'oublions jamais ce que nous devons à ceux qui ont eu le courage de nier en se dressant contre l'exploitation de la crédulité générale par l'intolérance organisée. Si nous étions assez ingrats pour ne pas nous en souvenir, l'impérialisme clérical nous ferait vite toucher, durement, les conséquences de notre erreur.

André LEBEY.

1er Novembre 1923.

Tout est dit, et l'on vient trop tard depuis plus de sept mille ans qu'il y a des hommes, et qui pensent. Sur ce qui concerne les mœurs, le plus beau et le meilleur est enlevé; l'on ne fait que glaner après les anciens et les plus habiles d'entre les modernes.

LA BRUYÈRE. (*Des ouvrages de l'Esprit.*)

Vous voulez Acis, me dire qu'il fait froid ; que ne disiez-vous : il fait froid ? Vous voulez m'apprendre qu'il pleut, ou qu'il neige ; dites : il pleut, il neige... Est-ce un si grand mal d'être entendu quand on parle ?... Une chose vous manque, c'est l'esprit ; il y a en vous une chose de trop, qui est l'opinion d'en avoir plus que les autres : voilà la source de votre pompeux galimatias, de vos phrases embrouillées et de vos grands mots qui ne signifient rien.

LA BRUYÈRE. (*De la société et de la conversation.*)

AU LECTEUR

C'est évidemment faire preuve de présomption que parler de « Pensées » après Pascal. Il en eût été de même de « Maximes » après La Rochefoucauld. Le titre est d'ailleurs de nulle importance, aucune confusion n'étant à craindre.

A notre époque, le vague et la prolixité sont fréquents, l'auteur a pris quelque soin d'être précis et concis.

Les idées exprimées sont-elles très originales? Au lecteur de juger. Nous ne nous flattons ni d'une grande originalité dans la pensée, ni d'une grande originalité dans l'expression de cette pensée. Ce genre de littérature est assez riche pour emplir une bibliothèque; il est donc bien difficile que plusieurs ne se rencontrent pas sur une même idée, difficile aussi qu'il n'y ait des similitudes dans la phrase même qui traduit l'expression de cette idée. Ajoutons que la mémoire, meublée par la lecture, n'est pas un guide très fidèle dans l'his-

toire d'une pensée. Il n'est pas toujours aisé de distinguer nettement le tien du mien, de faire un départ exact et rigoureux entre la nouveauté et la réminiscence. Si le lecteur éprouve parfois une impression de déjà lu ou de déjà vu, — et il serait fort extraordinaire que cela n'arrivât point, — nous nous en excusons par avance, tout en repoussant une trop facile accusation de pillage ou de plagiat.

Les opinions exprimées sont-elles justes ? C'est encore au lecteur d'en juger. Nous le prions de ne pas oublier que toute cause se plaide, et que toute opinion peut se défendre.

Nous devons nous excuser de quelques répétitions. Aussi, et cela peut paraître plus grave, de quelques contradictions. Il s'agit beaucoup moins de nos opinions personnelles, lesquelles importent peu, que de l'expression de certaines opinions ou remarques. La même idée peut être examinée de points de vue fort différents, et nous ne voyons pas pourquoi le même homme devrait se borner à un seul point de vue. On a le droit de professer une doctrine, tout en comprenant les raisons que font valoir ceux qui professent une doctrine contraire.

Nous rendons aux femmes l'hommage respectueux que méritent leurs vertus. Il est amusant de les égratigner un peu en passant, cela ne diminuant en rien leur puissance.

L'affection que les hommes portent aux femmes remonte assez loin dans le passé, et sera de mode longtemps encore, ce qui n'empêche pas de tenir contre elles quelques malins propos. A charge de revanche. Disons simplement que cela part du grand désir que nous avons de les voir approcher un peu plus du haut idéal que nous concevons. Aucune ne voudra nous garder rancune; — sans doute aucune ne nous lira.

Au demeurant, rien ne sera changé en ce monde, parce que ces pages auront vu le jour. Nous désirons simplement que le lecteur ne s'ennuie pas trop à lire ce qui ne fut pas écrit sans quelque plaisir. Il est toujours aisé de fermer un livre ennuyeux.

A. BOUTIN.
26, rue Lavieuville,
Paris (18e).

PENSÉES

1

La philosophie prétend poser de graves problèmes; que n'arrive-t-elle à les énoncer clairement? Comment ses efforts n'aboutissent-ils souvent qu'à donner la conviction nette que ses prétentions ne sont pas justifiées et que ses efforts sont vains?

2

La philosophie fournit des arguments à l'appui d'une thèse ou d'une hypothèse; elle est radicalement impuissante à apporter des preuves, à conclure à des certitudes.

3

Est-il des causes premières? Est-il des causes finales? Cela a-t-il un sens en dehors des conceptions humaines? La philosophie pose-t-elle de redoutables problèmes? Peut-être. N'a-t-elle jamais posé que des questions puériles ou dépourvues de sens? Probablement. — Dans leur triste jargon, si souvent incompréhensible, les philosophes oublient que les calculs ne valent que pour les hypothèses mises au moins implicitement dans les équations. Les philosophes agitent vainement un sac où ils ont mis des noix; il est amusant de voir leur surprise de n'en point sortir des dominos.

4

Y a-t-il un *inconnaissable*? Je le crois. Mais cet inconnaissable est absolu, ou il n'est pas. Que nous importe un inconnaissable absolu? Qu'il est vain de s'en occuper!

5

Mon chat mange, joue, dort. Il n'y a pour lui ni causes premières ni causes finales. Il ne conçoit pas l'univers. C'est lui qui a raison. — Et pourtant je ne voudrais pas être mon chat.

6

Mes réflexions philosophiques aboutissent à une irréductible conviction matérialiste. — Dans un creuset je mets d'inconcevables atomes divers, que d'inconcevables forces physiques agitent, et cela donne des phénomènes de conscience et de volonté? Folie! — Alors, que sais-je?

7

La métaphysique est une production putride de la philosophie.

8

Le métaphysicien est un homme qui tente de se hisser sur ses propres épaules pour considérer l'univers d'un peu plus haut. Il ne semble pas avoir jamais réussi ce tour d'acrobatie.

9

La science a sa source dans l'utile; elle doit cependant avoir pour objet la recherche désintéressée de la vérité. Elle est belle en soi, l'utilité ne lui eût-elle jamais fait d'enfants.

10

L'objet de la science est la recherche des conditions de production et de succession des phénomènes. Ces conditions en sont les lois. La conception scientifique est notre certitude profonde que ces lois résultent de la nature même des choses et sont totalement soustraites à toute intervention arbitraire, même prétendue divine.

11

La science n'a pas à répondre à « Pourquoi ? », mais à « Comment ? »

12

C'est beaucoup moins par ce qu'il sait que par la conscience qu'il acquière de l'immensité de ce qu'il ignore, que le savant se distingue de l'ignorant.

13

Les « pourquoi » montrent plus de vigueur intellectuelle que les « parce que ».

14

Rien ne vaut que la vérité. Il faut avoir la volonté de la chercher, l'intelligence de la découvrir, le courage de la proclamer.

15

Des arguments logiques dont nous essayons de les étayer, nos doctrines ou nos opinions ne sauraient tirer que des probabilités d'exactitude. C'est la confrontation avec la vérité des faits qui les juge définitivement.

16

La vérité éclaire l'esprit; elle ne réchauffe pas le cœur.

17

Erreur commune : transformer de vagues possibilités en probabilités, puis ces probabilités en certitudes.

18

Hors du terrain solide des faits, construire des systèmes, c'est bâtir des châteaux de cartes sur des nuages. Accumuler des faits, sans chercher à en dégager des lois, c'est mettre de la poussière dans des sacs et se figurer qu'un palais a été construit.

19

Esprits chimériques ceux pour qui une forêt est une tache verte sur une carte. Esprits singulièrement étroits ceux qui examinent à la loupe quelques arbres et n'arrivent jamais à voir la forêt.

20

Il est faux que, comme le prétend Nietzsche, l'univers soit un éternel recommencement. La matière illimitée remplit l'espace illimité; le nombre infini des combinaisons remplit l'infini du temps.

21

C'est de vérité que notre esprit a soif; c'est de mensonge que notre cœur a besoin.

22

Une illusion ou un mensonge font plus pour notre bonheur que mille vérités. Il y a cent fois plus de joie dans les Contes de Perrault que dans un traité de géométrie.

23

Il semble que l'on soit beaucoup plus près de la vérité en disant du mal de l'humanité qu'en en disant du bien.

24

C'est une laide et malfaisante personne que la Vérité. Ne la laissez pas sortir de son puits, écrasez-la sous des rochers. Il faut être artiste et poète pour se la représenter sous la figure d'une belle femme affirmant la splendeur de sa nudité triomphante. Poètes et artistes ne la voient pas nue; ils oublient qu'ils l'ont parée de brillants oripeaux sous lesquels on ne la reconnait plus. Ces oripeaux sont à eux, et non à elle.

25

Il est plus intéressant d'apprendre que de savoir, de chercher que d'avoir trouvé.

26

Haeckel a dit beaucoup de sottises ; il n'a pas une idée nette de ce qu'est une preuve. Mais la notion de preuve échappe bien davantage encore aux spiritualistes.

27

Pourquoi les grands spectacles de la nature dégagent-ils toujours une impression d'infinie tristesse ? C'est que l'homme y prend conscience de sa petitesse, de n'être qu'un vain accident.

28

J'ai reconnu le néant de toutes les réalités que je conçois nettement. Je suis impuissant à reconnaître quelque réalité supérieure que je ne conçois pas.

29

Préférons-nous l'agitation au calme, le bruit au silence, la fureur des flots à l'apaisement du havre ? Non. Pourquoi redoutons-nous la mort, calme et silence éternels, port infiniment tranquille ? C'est que nous avons conscience que nous ne goûterons pas ce calme et ce silence.

30

La mort ne serait rien, si seulement le mort savait qu'il est mort.

31

Combien plus aisément nous nous résignerions à mourir, si l'univers s'anéantissait avec nous. Mais la mort de chacun de nous est un incident sans portée ; il ne s'en boira pas un bock de moins, il n'en poussera pas une pâquerette de moins.

32

Le réel n'est pas le mieux, et chacun a droit de prétendre que la réalisation d'autres possibles eût été préférable. C'est là vains discours et bons à mettre en vers latins.

33

Le problème du libre arbitre est celui-ci : La volonté est-elle déterminante ou déterminée ? — Je la crois déterminée, mais il convient de se conduire comme si elle était déterminante.

34

Le hasard et le libre arbitre sont des étiquettes imaginées par notre ignorance. Le hasard est l'ensemble des causes ignorées dans l'ordre extérieur ; le libre arbitre est l'ensemble des causes ignorées dans l'ordre intérieur.

35

Le libre arbitre est une illusion qui flatte notre orgueil, mais c'est une illusion. Nous en faisons un postulat que nous ne laissons pas volontiers discuter, parce que c'est la base unique, quoique fragile, de la morale individuelle et de la morale sociale.

36

Le bien et le mal ne sont que les généralisations altruistes de l'utile et du nuisible.

37

Droit prime devoir. Qui est sans droits est sans devoirs. Donne d'abord satisfaction à mon droit, tu exigeras ensuite que j'accomplisse mon devoir.

38

En présence d'un conflit de devoirs, l'hésitation est permise, mais elle doit être courte. Le devoir le plus impératif est celui qui implique le plus grand sacrifice de nous-même.

39

C'est en faisant plus que notre devoir que nous sommes assurés de faire tout notre devoir.

40

Le devoir d'autrui est impérieux et nous le distinguons nettement ; notre propre devoir nous oblige moins et il est moins clair.

41

Sans oublier le devoir d'aujourd'hui, pense à ce qui pourra être le devoir de demain.

42

Tu reconnais que là est le devoir et tu hésites ? Ta vertu est encore bien fragile.

Ta vertu ne sera parfaite que lorsqu'elle ne connaîtra ni l'effort ni l'hésitation, mais sera l'obéissance inconsciente et spontanée à une sorte d'impératif que tu ne songeras même pas à discuter.

43

La morale actuelle des individus est indépendante de leurs conceptions métaphysiques.

44

Il ne saurait y avoir de morale scientifique. L'objet de la science est le vrai, celui de la morale est le bien. Le vrai et le bien sont des catégories différentes, n'empiétant pas l'une sur l'autre, parfois contradictoires.

45

La morale ! ce singulier me choque. C'est conte pour enfants que cette morale absolue dictée par Dieu ou écrite par lui dans les consciences. Il n'y a que des morales, variables dans le temps, variables dans l'espace, accommodées aux civilisations, imposées par les nécessités sociales, les croyances et les préjugés. Morales individuelles et morales collectives sont relatives, incertaines, précaires et fluctuantes. Les valeurs morales sont en gradation instable, leur régime est le mouvement permanent.

Il ne paraît pas que les morales suivent une évolution progressive.

46

La morale ne saurait avoir pour base la raison. A leur insu, les rationalistes ont une morale spiritualiste, donc contradictoire. D'où la logique tirerait-elle une obligation ? quelle sanction non illusoire apporterait-elle à ses obligations ? Une morale rationaliste n'aurait ni obligation ni sanction ; d'autre part, elle se doit de rejeter comme appui une erreur héréditaire, dont la raison dénonce la vanité, que la conscience repousse comme préjugé !

47

L'élite des intelligences peut se conduire d'après une morale spiritualiste dont elle a percé le néant; si la morale spiritualiste disparaît, la masse impulsive et ignorante n'obéira-t-elle pas qu'à ses instincts et à ses besoins ?

48

Faut-il donc une religion pour le peuple? Hélas ! je crains qu'il n'en faille une.

49

Le Code pénal est une morale parfaite, il comporte obligation et sanction. C'est une morale incomplète, parce que négative : il défend, il n'ordonne pas.

50

Il est toujours ingrat de s'ériger en professeur de morale; il est des personnes à qui ce rôle est interdit. Comment oser reprendre autrui, étant soi-même répréhensible? Comment oser aujourd'hui donner tant de bons conseils, ayant autrefois donné tant de mauvais exemples? Censeurs, soyez prudents! Je ne puis oublier vos péchés que si vous-mêmes ne les oubliez jamais.

51

La vie est un mélodrame bien mal fait; la toile tombe toujours avant le cinquième acte, cet acte où la vertu est récompensée et le vice puni. Mais ce mélodrame est si mal fait qu'il ne gagnerait rien à ce que ce cinquième acte fût joué, même ailleurs.

52

Ainsi la flamme cherche à s'étendre, ainsi la vie n'a de but que plus de vie. Que les êtres soient heureux ou malheureux, que t'importe, ô nature sans conscience? mais qu'ils soient ! Prodigue les germes, multiplie les êtres, qu'ils souffrent, qu'ils meurent, mais qu'ils soient !

53

La nature n'est mère que pour enfanter ; elle n'est après l'enfantement que la plus indifférente ou la plus cruelle des marâtres.

54

Force, matière, évolution, n'éclairent ni origines, ni buts. Du moins ce sont des tentatives rationnelles d'explications. — Ces problèmes ne sont peut-être insolubles que parce que leurs énoncés n'ont pas un sens précis.

55

L'humanité n'est qu'un épisode insignifiant dans le devenir sans but de l'univers.

56

Tout homme ne peut connaître que soi. Pour autrui, nous généralisons par analogie. Mais le moi de chacun de nous est essentiellement incommunicable à tout autre moi.

57

L'univers est, et c'est tout. Il est sans cause comme sans but. Il déroule, dans le double infini de l'espace et du temps, la solution unique et nécessaire d'un immense problème de dynamique, que personne n'a posé et qui n'intéresse personne.

58

La vie ? Douloureuse répétition de gestes inutiles.

59

La vie ? L'humanité ? Un peu de fermentation superficielle sur un atome éphémère perdu dans le double infini de l'espace et du temps.

60

La vie humaine est mal mesurée par sa durée; elle l'est mieux par le nombre et l'intensité des sensations, le nombre et la diversité des idées ou des passions qui l'ont agitée.

61

L'homme est un spectre et le bonheur une ombre ; la durée d'un éclair, ce spectre poursuit cette ombre. C'est la vie.

62

Nos joies humaines ne durent que l'instant insaisissable qui sépare le désir du regret ; nous nous efforçons en vain de les allonger de beaucoup d'espérance et d'un peu de souvenir.

63

Au chemin de la vie, il se trouve quelques fleurs parmi beaucoup de ronces ; il est sage de toujours cueillir les fleurs, même en se déchirant les mains aux ronces.

64

Le bonheur est dans l'avenir pour qui est jeune. Il est dans le passé pour qui n'est plus jeune. Il est rarement dans le présent. Y serait-il, insensés que nous sommes, nous ne saurions pas l'y voir.

65

Joies ou douleurs, toutes nos émotions sont des états de conscience; seule notre conscience les mesure, et elle les ressent comme absolues. C'est une erreur grave, mais banale, que prétendre mesurer l'intensité des émotions d'autrui d'après l'estime que notre critique fait de l'importance des motifs de ces émotions. — Pourquoi une fillette qui perd une poupée ne pourrait-elle souffrir autant qu'une mère qui perd un enfant?

66

Le témoignage humain est chose fragile, ce ne peut être une preuve scientifique. L'histoire ne saurait donc jamais mériter le nom de science.

Pendant plusieurs siècles, de bonne foi des témoins ont témoigné, de bonne foi des accusés ont avoué, de bonne foi des juges ont jugé et condamné, des bûchers se sont élevés ; d'innombrables et authentiques procès-verbaux nous certifient les apparitions du diable et les accointances des humains avec le diable. Rien ne devrait donc être plus certain que ces apparitions et ces accointances. Cependant, qui donc croit au diable, aujourd'hui ?

67

La tyrannie, l'injustice, la douleur, la misère, sont de simples états de conscience, et commencent au moment précis que la victime en prend conscience et en sent le poids.

68

Quand l'intérêt particulier se trouve opposé à l'intérêt général, c'est toujours ce dernier qui est sacrifié.

69

Ainsi que m'a trompé *Hier*, *Demain* tu me tromperas; cependant je t'aime et te désire, car tu es l'espérance.

70

Vieillir, c'est voir ses illusions changées en déceptions, c'est-à-dire, ses écus changés en feuilles sèches; c'est également échanger des espérances contre des souvenirs, c'est-à-dire des diamants contre des cailloux.

71

C'est la raison qui doit juger; mais devant elle le sentiment se place et usurpe.

Plus le sentiment est violent, plus brutalement il usurpe ; plus il est élevé, mieux il masque. Dans chaque cas, moins clair voit la raison.

72

Question d'étiquette. Notre obstination est à nos yeux et pour nos amis : vertu, ils l'appellent persévérance ; pour les autres c'est défaut, ils l'appellent entêtement. Ainsi sur tout l'on peut poser deux étiquettes : l'une bienveillante, l'autre malveillante.

73

Plaçons-nous loin de notre univers ; changeons d'unité, ramenons les jours à n'être que des secondes, les années seront de six minutes, la vie de l'homme ne sera plus que de quelques heures. Nous verrons la terre lointaine et petite emporter l'humanité folle dans un tourbillon fou. Alors nous concevrons nettement le néant de nos vanités.

74

On ne croit que ce dont on n'est pas certain. On dit : Je crois en Dieu. On ne dit pas : Je crois que deux et deux font quatre.

75

Dieu est une supposition du passé dont la science moderne démontre l'inanité.

76

Si Dieu se confond avec l'univers, il n'est pas. S'il ne se confond pas avec l'univers, il ne peut être situé, pas même pensé.

77

Dieu n'est que la personnification de l'ombre portée par l'homme sur l'infini néant.

78

Je marche. Il tonne. Cette dernière expression est une irrémédiable et fondamentale erreur. Dieu est-il autre chose que le sujet des verbes qui n'ont pas de sujet?

79

Dieu est une conception métaphysique qui se défend par des raisons de sentiment, et qui s'attaque avec des raisons de raisonnement. La raison est supérieure au sentiment, l'attaque est plus forte que la défense : Dieu doit être vaincu.

80

Il n'y aurait qu'une seule preuve valable de l'existence de Dieu : la démonstration de sa nécessité. Cette démonstration n'est pas faite puisque, moi, matérialiste, je conçois l'univers sans Dieu.

Quant aux autres prétendues preuves, elles me paraissent confondre la possibilité avec la réalité. Pour qu'il y ait possibilité, il suffit qu'il n'y ait pas contradiction ; la réalité ne peut résulter que de l'expérience. — Tout le réel est évidemment possible. Tout le possible n'est pas le réel. — Il est possible que vivent sur Mars des chiens verts, avec huit pattes, des ailes et une trompe; cela n'est pas contradictoire. Y existent-ils réellement? c'est une autre affaire. L'expérience seule en peut décider.

L'expérience n'est pas en faveur de Dieu ; elle ne le révèle nulle part.

81

Le savant ne doit-il pas être athée? Science implique-t-elle athéisme ?

82

De la croyance à la négation les oscillations du doute sont rapides; le doute s'arrête à la négation.

83

En matière religieuse, examiner c'est douter, douter c'est ne plus croire.

84

La raison impose la négation ; la religion impose la croyance sans même tenter de démontrer. C'est parce que certains croient absurdement que ma raison souffletée se révolte et nie. La preuve ! j'exige la preuve !

85

Les souffrances et la mort du martyr n'établissent que la sincérité de sa conviction, nullement que ce qu'il croit soit exact. C'est d'autre sorte que la vérité se démontre.

86

Il n'y a de miracles que pour les

croyants. Il serait bien étrange qu'ils n'en rencontrassent point.

87

Que la foi, religieuse ou non, repose sur une erreur on un mensonge, qu'importe? Elle n'en est pas moins un levier, un principe d'action. Mais croit qui peut, non qui veut. Si ma conscience perçoit nettement l'erreur ou le mensonge, quelle foi puis-je édifier sur pareille base ?

88

Le miracle se constitue d'imposture et de crédulité. Je ne veux pas être partie active : l'imposteur; — je ne veux pas être partie passive : le crédule.

89

La foi religieuse doit être intolérante.

90

Le dévot s'exalte d'autant plus que la preuve lui manque davantage.

91

Dévot, cœur glacé. Elle m'est odieuse cette charité chrétienne qui n'est que bienfaisance sans tendresse et dévouement sans amour. L'effroyable douleur humaine fait-elle saigner le cœur du dévot? Non. Elle lui fournit l'occasion d'un placement, le moyen d'assurer son salut égoïste. Même la mort irréparable le trouve sans larmes; s'il s'en trouvait dans son cœur aride, une petite messe et deux coups de goupillon les sécheraient. Autrement il ne serait pas logique. Mais qui donc est logique?

92

Les dévots croient en Dieu. Ils se conduisent néanmoins comme s'ils ne croyaient ni à sa justice ni à sa providence.

93

Poltron qui n'évite le mal que par crainte d'un châtiment estimé certain; spéculateur qui ne fait le bien qu'en vue d'une récompense estimée certaine. Seul vraiment juste celui qui fuit le mal parce qu'il est le mal, et fait le bien parce qu'il est le bien.

94

Dans leur ignorance, leur crédulité et leur paresse, les hommes se sont laissé imposer de prétendues obligations n'ayant d'autre origine que des hypothèses aujourd'hui ruinées. Ils s'aperçoivent enfin qu'ils ont été longtemps les victimes des mystifications religieuses, et leur respect superstitieux pour ces mystifications s'envole à tout jamais.

95

Au prêtre qui dit : « Crois ! » le savant répond : « Prouve ! »

96

J'espère me survivre, je désire que ma vie ait un but, je crains qu'elle n'en ait point, et c'est pourquoi je crois. Mais je pense, donc je connais l'incertitude, et je souffre du doute. Ainsi devrait dire le plus sincère des croyants.

97

La vérité n'est que pour les âmes fortes. Si ton prochain pleure et trouve une consolation dans sa vaine prière, laisse-lui son erreur. Mieux vaut l'erreur qui console que la vérité qui désespère.

98

Les dogmes catholiques sont morts, et le catholicisme agonise en routine et en superstitions.

99

C'est en vain que les autorités religieuses s'efforcent de maintenir la croyance à l'utilité des gestes extérieurs d'une religion dont notre raison s'est détachée après en avoir percé le néant.

100

Le catholicisme n'est plus en France qu'un geste traditionnel dont le sens est perdu, une métaphysique pour ignorants, un lien assez vague entre les réactions.

101

Dans le passé le christianisme a pu s'épanouir en consolations et en espérances individuelles ; cette source de consolations et d'espérances se tarit rapidement. L'homme actuel s'en détourne, comme l'adulte se détourne des jouets qui ont amusé son enfance et sont désormais impuissants à lui procurer la moindre joie.

102

Flots troubles, mais courant puissant, la démocratie marche impétueusement vers l'avenir. L'Eglise, jadis monument grandiose, aujourd'hui ruine encore imposante, s'effrite pierre à pierre en regardant obstinément le passé. Cette ruine ne comprend pas ce fleuve ; ce fleuve ignore cette ruine, ou ne voit en elle qu'un vain obstacle.

103

S'il faut choisir entre l'enfer et le néant, l'homme n'hésite pas : il choisit l'enfer.

104

Petit Jésus ! tu mets jouets et bonbons dans des souliers. Pourquoi n'as-tu ni jouets ni bonbons pour ceux qui n'ont même pas de souliers ?

105

Pie X : beaucoup de vertus, mais bien peu de lumières.

106

La société n'est que la collectivité des égoïsmes.

107

Il n'est que trop vrai que la force crée le droit. C'est un inutile et pur concept que le droit sans la force.

108

Un peu de jacobinisme ne me déplaît pas : 1793 n'a-t-il pas sauvé les conquêtes de 1789? Quelques-uns prétendent qu'il les a compromises.

109

En France, l'égalité tend à tuer la liberté ; se peut-il alors que la fraternité subsiste ?

110

Les mœurs précèdent les lois. Les mœurs exigent longtemps avant que les lois ne formulent ; la loi exige encore que depuis longtemps les mœurs refusent.

111

Le principe d'autorité doit céder la place au principe d'association. — Tu veux être le maître ? — Je ne veux plus de maître. Associés, oui.

112

Tout mouvement révolutionnaire n'est pas progressif qui aboutit à un changement de personnes, et non à un changement de principes.

113

Les souffrances physiques ou morales des miséreux sont peu de chose à côté de l'abaissement du caractère qu'entraîne la misère.

114

La foule est femme : impulsive, insensible au raisonnement; bonne quelquefois, souvent cruelle; héroïque quelquefois, plus souvent sauvage et lâche.

115

Le prolétariat a une conscience exagérée de sa misère économique, et une conscience insuffisante de sa misère intellectuelle.

116

Les revendications des prolétaires sont souvent utopiques et brutales; presque toujours le fond en est juste. Combien est-il d'excellentes causes pitoyablement défendues? La cause est-elle moins juste parce que le défenseur est maladroit?

117

Le peuple souverain, comme tous les souverains a ses flatteurs et ses courtisans, qui ne sont ni les moins vils des flatteurs. ni les moins plats des courtisans.

118

A l'égard de ses gouvernants, le peuple n'a pas à formuler des vœux, mais à imposer des volontés. Vouloir sans savoir ni prévoir étant pure démence, toutes questions politiques et toutes questions sociales se résolvent d'abord en questions d'éducation.

119

Le progrès social n'est possible que si l'ordre social est assuré. Qui est nanti ne désire que l'ordre, qui n'est pas nanti ne désire que le progrès. D'où cette double erreur : l'erreur conservatrice qui sacrifie le progrès à l'ordre ; l'erreur révolutionnaire qui sacrifie l'ordre au progrès.

120

Aider les pauvres à sortir de la misère n'est pas seulement du devoir des riches, c'est aussi de leur intérêt.

121

L'obéissance stricte et rigoureuse de tous à la loi est la condition vitale de la démocratie.

122

Les démocraties, toujours jalouses, tombent volontiers dans l'erreur d'estimer que l'étendue de leurs droits se mesure par l'étendue de leurs besoins ou simplement de leurs désirs.

123

Plus grave que l'illégalité est l'injustice. Celle-ci viole le droit, celle-là viole la loi ; et la loi n'est qu'une fraction du droit.

124

C'est toujours sous l'Empire que les Républiques sont le plus belles ; mais c'est aussi sous la République que le gouvernement personnel a le plus de vertus.

125

Si le tyran était intelligent et juste, la

tyrannie serait le gouvernement idéal. Par malheur, l'histoire nous apprend qu'il n'y a pas de bon tyran.

126

Que faut-il choisir, un tigre ou cent mille poux ? Mais a-t-on le choix?

127

Les iniquités sociales font des révolutions une nécessité ; les embarras financiers en font des faits.

128

Les peuples sont conservateurs ; ce sont les abus multipliés qui les amènent à envisager la possibilité d'un changement de régime.

129

Les régimes politiques ne succombent

jamais sous les coups de leurs adversaires ; ils s'écroulent sous le poids de leurs fautes accumulées.

130

Il est regrettable que les institutions soient avilies par l'incapacité, la paresse, l'indignité des fonctionnaires et politiciens. C'est cependant chose compréhensible que rendre les institutions responsables des erreurs des hommes.

131

Les amoureux ont toujours à se parler : ils n'ont souvent guère à se dire.

132

De l'homme à la femme la différence est plus grande que celle des sexes.

133

En amour les éternités sont de six mois.

134

Toujours l'amitié réunira les hommes; toujours la jalousie séparera les femmes.

135

Curiosité de femme: oreille distraite aux propos qu'on lui tient, avidement tendue aux propos qu'on lui cache.

136

Si une femme te dit: « Je le jure »; méfie-toi, elle ment.

137

Les femmes arrivent aisément à mentir de bonne foi.

138

Dans la discussion la femme est inconsciente ou de mauvaise foi. Elle ne s'interdit pas le cumul.

139

Le mensonge est une impérieuse nécessité sociale. Cette obligation de prendre un vêtement, qui voile peu de beautés mais cache tant de laideurs, est un sévère jugement porté par l'homme sur lui-même.

Moins de femmes que d'hommes peuvent dépouiller tout vêtement : Diane ou Vénus sont beaucoup plus rares qu'Apollon. L'infériorité morale de la femme est non moins évidente ; c'est pourquoi le mensonge lui est plus nécessaire et plus habituel qu'à l'homme.

140

Ce que la femme présente de plus déconcertant, c'est sa prodigieuse inconscience. Ses déterminations sont en dehors de toute logique.

141

La femme est rétive à la fatalité de la règle. Les lois générales et abstraites lui échappent ; le miracle ne la surprend jamais.

142

Les infidélités d'un homme ne prouvent pas son inconstance.

143

L'homme excuse ses infidélités en disant : « Je ne l'aime pas. » — La femme excuse les siennes en disant : « Je l'aime. »

144

L'homme est jaloux du plaisir pris par la femme qui le trompe; la femme est jalouse du plaisir donné par sa rivale.

145

S'il est vrai qu'il faille juger l'arbre à ses fruits, le mariage est la pire des institutions, l'amour la pire des passions.

146

Il est beau, il est bien, dit-elle orgueilleusement, d'être une honnête fille; cela ne va ni sans regret, ni sans tristesse.

147

Un homme raisonne toujours, et souvent mal; une femme déraisonne presque toujours, et souvent bien.

148

L'instinct sert la femme mieux que la logique ne sert l'homme.

149

La prostitution est un sacrement, elle laisse des traces indélébiles. C'est l'erreur d'un cœur généreux de croire que l'amour refait des virginités aux Marions; mais c'est une erreur.

150

A l'instant où un homme paie une femme, il achète le droit de la mépriser; il ne s'en fait guère faute. C'est la seule façon qu'il ait de rentrer dans ses frais.

151

Les attentions dont on entoure une femme la flattent dans la mesure où elles supposent que toutes les autres femmes sont négligées.

152

Le malheur qui frappe une femme est un bonheur qui arrive à toutes les autres ; le bonheur qui arrive à l'une d'elles est un malheur qui frappe toutes les autres.

153

On aime les femmes surtout pour leurs charmes physiques, puis pour les agréments de leur caractère; jamais pour l'étendue de leur savoir.

154

Au diable les diplômées ! Quel homme aimerait une femme pour la vertu de son seul diplôme, c'est-à-dire laide et acariâtre, mais connaissant le thibétain ou l'anatomie de la sangsue ?

155

La véritable puissance de la femme est dans l'aveuglement de l'homme; encore cet aveuglement est-il beaucoup plus conscient que ne le croient les femmes.

156

Il est commun que les hommes arrêtent la femme à la taille ; jeunes, en commençant par le haut, les croyant des anges ; la jeunesse passée, en commençant par le bas. Cette dernière erreur est grossière. La femme n'est pas que la banlieue de son sexe ; il arrive qu'elle ait un cœur, parfois même une tête.

157

Nombreuses sont les femmes dont la tête vide n'est que prétexte à chapeau.

158

La puissance créatrice est mâle. La femme ne découvre pas, n'invente pas, ne crée pas.

159

Si violence est mâle, mensonge est femelle.

160

Toute femme ne connaîtrait-elle que deux hommes, que l'on soit toujours le premier amant d'une femme mariée, ou le second d'une femme non mariée ?

161

La vertu des femmes est une immense duperie que l'égoïme des hommes impose à leur crédulité.

162

Les femmes corrompent plus de filles que les hommes n'en débauchent.

163

Comment penses-tu me retenir, femme stupide, qui te croyant moins aimée, as cessé d'être aimable ?

164

Femme que j'aime ne te défends donc pas ! Ta malice te trouvera toujours moins d'excuses que mon amour.

165

Qu'il est heureux, ô femme ! que ma raison ne connaisse pas les raisons de mon amour. Ma raison est plus délicate que mon cœur ; à te bien juger je t'aimerais moins.

166

En amour, l'homme est plus sincère et plus désintéressé que la femme. En dépit de certaines apparences, la véritable victime de l'amour, c'est l'homme.

167

Filles et femmes honnêtes cachent volontiers une âme de fille. Ah! si elles voulaient!... Chacune a la vanité de croire que, seule, elle détient la clef des joies suprêmes, que seule elle doit être l'objet d'un inextinguible désir, que la vie d'un homme est trop courte pour qu'il puisse acquitter son infinie dette de gratitude envers celle qui a consenti, avec quelle mauvaise grâce souvent, à lui abandonner un instant la précieuse clef. Donc à ses yeux la fameuse clef possède une inestimable valeur marchande. A toute heure l'imbécillité des hommes et les extravagances de la littérature la confirment dans cette opinion.

168

Le mariage est une assurance contractée par un homme en faveur d'une femme et des enfants à naître de cette femme. La prime est élevée ; seul l'homme la paie. Insensées sont les femmes réclamant l'abolition d'un contrat dont les femmes sont les uniques bénéficiaires.

169

Tu connais les petites roueries *des* femmes, et tu te crois très fort. Naïf ! ce sont les petites roueries *d'une* femme qu'il est malaisé de connaître, et ce sont seulement celles-là qu'il importe de connaître.

170

Ne quitte pas la maîtresse qui te fatigue ; fais-toi quitter par elle. Elle aura la joie de croire qu'elle te fait souffrir.

171

Amitié, justice, deux mots que les femmes n'ont jamais compris. Elles les traduisent par amour.

172

L'ignorance des filles leur prépare de cruelles désillusions ; le mariage leur semble un viol dont l'accoutumance supprime l'horreur. Le mari est fier et vain de cette ignorance qui emplit souvent de rancœurs l'âme de son épouse ; le sot prépare la joie de l'amant.

Mais combien peu de filles sont ignorantes!

173

De tous temps la jeune fille a dû être exactement renseignée sur ses rapports possibles avec l'homme. Elle dissimule ou affiche ses connaissances à ce sujet, oscillant de l'hypocrisie à l'effronterie. Affaire de mode.

174

Tu as été le premier à posséder cette fille, et tu en es tout fier. Sotte vanité d'avoir griffonné ton nom sur une page blanche ; si tu savais combien cette page blanche est déjà salie.

175

Quelle que soit celle qu'il épouse, tout homme qui épouse fait une sottise. La personnalité de la femme et les conditions de l'union ne font que déterminer l'étendue de cette sottise.

176

De la réunion de plusieurs femmes indépendantes vivant en commun se dégage le plus invraisemblable total de méchanceté stupide et lâche.

177

La mère est la circonstance atténuante de la femme.

178

Crains-tu que ta femme te trompe ? Mets un enfant sur chacun de ses bras. L'enfant garde la mère beaucoup mieux que le mari ne garde la femme.

179

Les enfants ont beaucoup de peine à comprendre, plus encore à admettre, que leur mère soit une femme.

180

Toute douleur est pâle auprès de celle-ci : la mère pleurant sur le berceau que la mort vient de vider.

181

Tu me vantes aujourd'hui les charmes exquis et délicats de l'amour platonique, parce que tu m'imposes un sacrifice, qui sourit à ton orgueil. Si demain je te vante les charmes de l'amour platonique, tu me jugeras insolent ou sot, estimant que ta beauté mérite un autre hommage.

182

Toute femme ayant autorité n'en connait guère l'usage légitime et discret, mais en pratique l'abus sans pitié ni trêve. Si j'avais le choix de servir dans un régiment dont les officiers seraient des femmes ou d'aller au bagne, je solliciterais l'insigne faveur de préférer le bagne.

183

Seins flasques et ventre mou sont bonnes raisons de vertu. Cependant les femmes se font de si étranges illusions sur leurs charmes physiques que les imperfections les plus évidentes n'en retiennent guère.

184

Combien de femmes sont sottes! dis-tu. — Tu commences à vieillir. — Combien de femmes sont laides! dis-tu. — Tu es vieux. — Raisins trop verts, te diront-elles en se moquant. — Meilleur jugement, peux-tu répondre.

185

Boileau a dit des méchancetés sur les femmes, il était eunuque. Schopenhauer a dit également beaucoup de mal des femmes : on assure qu'il était syphilitique. Ceci n'expliquerait-il pas cela?

186

En amour, la grossièreté ne plaît guère aux femmes ; mais la brutalité ne leur déplaît pas. C'est une forme qu'elles estiment spontanée et sincère de l'hommage.

187

Le dernier outrage qu'une femme puisse subir n'est pas d'être violée, mais de ne pas être prise quand elle s'offre. Timide ou dédaigneux, le coupable est le plus sot ou le plus insolent des hommes. Le viol est encore un hommage, et la vanité de la femme est indulgente à une brutalité qui la flatte.

188

Tu m'as démontré par des syllogismes correctement déduits que la femme que j'aime est laide ; que son nez, sa bouche, ses yeux, sa taille... Vanité ! Mon amour ne s'embarrasse pas de tes syllogismes ;

ton analyse est morte, mon amour est vivant. Je l'aime, donc elle est belle; et puisque je l'aime, elle seule est belle.

189

Tant qu'il y aura des fleurs, du soleil et des femmes, c'est-à-dire tant qu'il y aura des parfums, des rayons et des baisers, il fera bon vivre.

190

Tant qu'une honnête fille pleurera, je ne pourrai pas m'attendrir sur les malheurs des prostituées.

191

A tout instant l'homme utile, honnête, est frappé par la mort stupide. Qu'importe donc la mort du criminel?

192

La vieillesse n'est tolérable que si elle est tolérante.

193

La vieillesse est-elle chose respectable en soi? Est-ce esprit ou vertu qu'avoir été cinquante ans sot ou fripon?

194

Les baisers qu'échangent les jeunes chagrinent plus souvent les vieux qu'ils ne les font sourire. Comment les uns osent-ils croquer des pralines, alors que les autres n'ont plus de dents ?

195

Jeunesse: des dents, mais pas de noisettes. Vieillesse: des noisettes, mais pas de dents. A moins que ce ne soit ni dents ni noisettes.

196

Le bonheur devrait être la sanction de l'effort continu vers le bien. Mais rien n'est moins défini que le bien, rien n'est plus subjectif que le bonheur.

197

Souffrir, c'est être meilleur.

198

Plus que la joie, la douleur rapproche.

199

Ce n'est que par miettes que nous vient le bonheur; c'est par miettes qu'il faut savoir le ramasser.

200

Notre cœur comprend encore la douleur d'autrui ; notre intelligence ne comprend que rarement la joie d'autrui.

201

L'humanité présente beaucoup plus de spectacles ridicules que de spectacles odieux ; au moment même qu'il est horrible, l'homme ne cesse pas d'être grotesque. Il n'est digne d'intérêt que dans la douleur, encore convient-il qu'il souffre dans le silence et la solitude.

202

A de certains moments plus que le nécessaire le superflu est nécessaire. A l'enfant pauvre, un soir de Noël, donne plutôt une poupée qu'un morceau de pain.

203

La douleur n'est pas objet de curiosité. Il ne faut se pencher sur elle que pour la soulager.

204

Vaine est ma plainte. Qui s'intéresse à ma douleur? Ma plainte importune les heureux; les malheureux ne l'entendent pas, n'écoutant que l'écho de leur propre souffrance.

205

Tu changes l'étiquette de ton vice et te donnes l'illusion d'une vertu ; serait-il devenu carpe le lapin que tu as baptisé carpe? Ton manque d'énergie, tu l'appelles bonté; ta résignation chrétienne est une lâche désertion devant la lutte; ta chasteté n'est qu'une forme hypocrite de ta laideur ou de ton impuissance.

206

Sacrifier toujours l'avenir au présent, c'est folie, car demain arrive. Sacrifier toujours le présent à l'avenir, c'est pire folie, car demain n'arrivera peut-être jamais.

207

Notre indulgence ne serait-elle pas à base d'égoïsme ? Ce sont nos péchés que nous absolvons le plus volontiers chez autrui. Nous pensons ainsi nous absoudre, ou être payés de même indulgence.

208

Cette fin de « La Bête Humaine », ces soldats pris du vertige de la vitesse, allant à la mort en hurlant d'autant plus fort leurs chansons que le train va plus vite ; ce train affolé sans mécanicien ni chauffeur, suivant aveuglément les rails jusqu'à la catastrophe prochaine ; n'est-ce pas là une saisissante image de l'humanité?

209

L'alcoolisme fait le lit ; toutes les tares, tous les vices, tous les crimes, n'ont plus qu'à venir s'y coucher.

210

Quelques hommes savent pardonner la sottise et la méchanceté dont ils sont victimes. Peu de femmes le savent.

211

Tu te plains que celui-ci à qui tu ne fis que du bien se conduise avec toi en implacable ennemi. Il ne saurait te pardonner ni les sottises qu'il t'a faites, ni les services que tu lui as rendus.

212

Vous êtes un ingrat! — Vous fûtes indiscret. Quel gré dois-je savoir d'un bienfait qui me fut imposé, d'un prétendu bonheur que mon mètre n'a pas mesuré? Votre indiscrétion a eu sa récompense dans votre intention, qu'est-il besoin de ma gratitude?

213

O mon ami! que ton amitié ne soit pas indiscrète! certes, elle a des droits à ma confiance, mais ces droits ne vont pas sans quelque réserve.

214

Escompter l'avenir, c'est tirer sur un débiteur insolvable; c'est tirer un chèque sans provision.

215

Toute prévision est imprudente où le hasard est escompté comme devant apporter des éléments favorables, et non des difficultés imprévues.

216

Le but supérieur de l'éducation doit être la discipline de la volonté.

217

La valeur éducative du précepte est nulle. Il n'est de valeur éducative réelle que de l'exemple.

218

— Pourquoi donc le méchant loup a-t-il mangé le petit agneau ? demande la fillette à son papa.

— Parce qu'il n'avait pas été sage.

— Et s'il avait été sage ?
— C'est nous qui l'aurions mangé.

Du point de vue de l'agneau la différence est insignifiante entre la punition de n'avoir pas été sage et la récompense de l'avoir été.

219

Si tu ne peux être le savant qui éclaire, ne sois pas le pédant qui étonne. Aie en horreur la vanité verbale, nourrice de présomption.

220

Le verbe ne vaut que par l'idée qu'il habille. Tel genre d'éloquence à piper les niais n'est que déluge de mots sur désert d'idées. Pitoyable qui ne sait rien dire ; méprisable qui ne sait que bien dire.

221

L'humanité connaît davantage la bassesse que la perversité : il est plus d'âmes viles que d'âmes méchantes.

222

Les sots et les ignorants sont plus nombreux que les méchants.

223

De tous les sots le plus insupportable est le bavard prétentieux et faisant de l'esprit.

224

Oh ! le déplaisant sot que ce solennel prêcheur de niaiseries.

225

Pauvre sot ! tu te flattes de regarder les choses de très haut. — Tu oublies que tu es très myope.

226

J'aime beaucoup la musique que j'aime; la musique que je n'aime pas m'est insupportable.

227

J'ai lu des ouvrages étendus et sévères. Je n'ai pu aller jusqu'au bout de la *Critique de la Raison pure*, de la *Nouvelle Héloïse* et des *Martyrs*. La première de ces œuvres me fait balancer entre une grande profondeur et le galimatias triple. Les deux autres sont compréhensibles, mais distillent pour moi un insurmontable ennui. — Que les grandes ombres de Kant, de Rousseau et de Châteaubriand me pardonnent!

228

Méchant compliment que vanter uniquement la bonne intention d'un homme ou d'une œuvre. Cela veut dire que l'homme est un niais ou l'œuvre d'une ridicule puérilité.

229

Qu'insupportables sont ces auteurs dont les descriptions ne vous font grâce d'aucun détail, à qui cent pages ne suffisent pas pour dépeindre un appartement, qui se gardent d'oublier les chiures de mouches piquant le cadre d'une glace. Eh! mon ami, la maison ne m'intéresse guère; parle-moi des hommes qui l'habitent. Je consens à connaître les aventures qui leur arrivent; mais ce que je tiens par-dessus tout à connaître, c'est leur caractère, leurs passions, comment ils pensent et comment ils agissent.

230

« Le cyanure éternel s'ébrouait en la rose. »

« L'austérité tangible des inéquations illusoires nuit au sous-entendu rythmique des intégralités virtuelles et extériorisées, mais tombe sous la visée angulaire et pragmatique du dieu nouménal des potentialités adéquates ou indifférentes, quoique pleines d'un moi critique, sensible et rationnel. »

Cet alexandrin n'a pas de sens, cette longue phrase est incompréhensible, direz-vous. Erreur ! Combien de poètes écrivent ainsi ! Nos plus réputés philosophes : Renouvier, Bergson, et autres, ne sortent guère de ce triple galimatias.

231

Il semble qu'en matière artistique la science nuise à l'inspiration..

232

Tous les médecins sont des ânes, sauf celui qui vous parle. Aucun artiste n'a de talent, que celui qui vous parle.

233

C'est un grand malheur de gagner à qui joue pour la première fois.

234

Vivre, c'est agir. Toute vie n'a pas d'objet dont l'action n'est pas l'objet.

235

La beauté est une insulte à la laideur, la jeunesse est une insulte à la vieillesse. La vieillesse pardonne quelquefois, la laideur jamais.

236

Il entre quelque impuissance dans le mépris; il en entre beaucoup dans la chasteté.

237

Il est plus vite fait de dédaigner que de comprendre. Le dédain rapide économise un effort de compréhension.

238

Les critiques acerbes, les reproches injustifiés, sont encore riches en vérités.

239

Je réussis, c'est talent; tu réussis, c'est chance. Je ne réussis pas, c'est malchance; tu ne réussis pas, c'est incapacité.

240

Qui juge comme je juge, juge bien; qui goûte ce que je goûte a bon goût; qui n'acquiesce à mes jugements, ne partage pas mes opinions, juge mal. — Nous n'acceptons de critérium de la rectitude des jugements d'autrui que la confrontation avec nos propres jugements.

241

Le dénigrement systématique abaisse, non celui qui est dénigré, mais celui qui dénigre.

242

Quel choix oserais-je faire s'il me fallait choisir entre la grandeur intellectuelle et la grandeur morale? Je préférerais être Newton que Saint-Vincent de Paul. Toutefois une intelligence supérieure se conçoit-elle bien sans une réelle beauté morale?

243

Grande illusion que croire n'avoir plus d'illusions.

244

Economise l'inutile regret, prévois !

254

Insensé qui crois avoir la raison pour pilote, alors que c'est la passion qui est au gouvernail.

246

Pour l'enfant qui vagabonde à Paris, toutes les rues mènent à la prison.

247

Le sentiment est inférieur à la pensée ; l'organe noble n'est pas le cœur, mais le cerveau.

248

Les intellectuels ne sont pas des affectifs.

249

Au jeu de la vie, la fatalité distribue les cartes. L'homme joue; dans sa folle vanité il croit mener le jeu.

250

Qui ne s'intéresse à rien n'intéresse personne.

251

Ce sont toujours les moutons qui sont tondus, et les oies qui sont plumées.

252

Rendre des services, c'est semer de la graine qui lève toujours. Par malheur, elle fleurit en ingratitude.

253

Combien ne sont bons que par impuissance d'être méchants !

254

Les morts ont beaucoup de qualités qui se résument en ceci : qu'ils sont morts.

255

Il est bon d'avoir confiance en soi. Pourquoi d'autres auraient-ils en nous une confiance que nous-mêmes n'avons pas ?

256

Parler est un verbe irrégulier qui se conjugue ainsi : Je cause, tu bavardes.

257

La discussion n'instruit guère ; on y cherche plus à briller qu'à convaincre.

258

Une canaille qui affirme rencontre toujours des imbéciles qui le croient.

259

Tu es vil et lâche. Ne m'en aperçois-je pas, j'ai ton mépris ; j'ai eu l'indélicatesse de m'en apercevoir, et j'ai ta haine.

260

Fourbe, abjecte et lâche, cette punaise s'enorgueillit de n'être pas un tigre.

261

Il est telles injures qui sont des jugements équitables.

262

Qui parle beaucoup parle trop.

263

Il est difficile de parler de soi comme d'une tierce personne ; ce serait cependant donner une excellente preuve de bon jugement. — Les sots ne le peuvent, faute de se connaître. Les autres veulent éviter la suffisance ou l'affectation de la modestie. — D'où manque de franchise dans le discours, manque de vigueur dans le jugement.

264

Vertus et qualités se cachent plus souvent par pudeur que vices et défauts ne se cachent par honte.

265

Les Français aiment à plaire, et souvent usent à vouloir plaire des forces qui leur manquent lorsqu'il s'agit de lutter.

266

Nous saluons les drapeaux sans beaucoup nous soucier de ce qui se fait à leur ombre. Nous aimons les sons éclatants des trompettes sans nous soucier de ce qui vient derrière elles. Nous aimons et saluons l'éloquence, nous subissons la magie des mots, sans nous soucier des idées que ces mots expriment.

267

Etre une canaille, cela n'empêche pas d'être un sot.

268

L'espérance ne fait que des promesses ; l'effort les tiendra, ou l'indolence les rendra illusoires.

269

« Un pareil sentiment n'appartient qu'aux âmes généreuses. » — Poursuis donc ton orgueilleux syllogisme : « Mon âme connaît ce sentiment, donc mon âme est généreuse ».

270

Oh ! le charmant enfant qui renonce à la brioche et préfère l'éloge. Duperie :

enfant ou homme, il faut prendre la brioche et négliger le compliment.

271

L'enfant n'a que des droits, les parents que des devoirs.

272

Le temps use la haine ; il ne peut rien sur le mépris.

273

Le mèpris économise la colère.

274

Il est des chemins qui ne peuvent être parcourus que dans un sens : une honnête femme peut devenir une prostituée, une prostituée ne sera jamais plus une honnête femme.

275

Ignorance n'est pas vertu.

276

Notre époque manque moins d'intelligences que de caractères, de bonnes volontés que de volontés.

277

On n'est pas trompé par autrui ; on s'est trompé sur autrui.

278

Dis-moi ce que tu aimes, je te dirai ce que tu vaux.

279

Etre toujours seul, supplice; ne pouvoir jamais être seul, supplice pire.

280

Bien supérieure à la charité est la justice.

281

Justice passe bonté. Nul n'est tenu d'être bon ; chacun est tenu d'être juste.

282

Je méprise la vertu qui méprise.

283

Passion bien faible qui connaît le calcul, l'hésitation ou le remords.

284

Amitié implique égalité.

285

Il n'y a pas de hasards, il n'y a que des nécessités.

286

Se méfier de son esprit moqueur. S'il n'est pas mauvais de se divertir, il est mauvais d'offenser.

287

La mort a supprimé qui t'outragea ; elle n'a pas supprimé l'outrage.

288

Combien d'intelligences vives et actives s'égarent à s'éparpiller ! Combien meurent n'ayant même pas construit une cabane à lapins qui ont usé leur vie à réunir des tas de briques de quoi construire un palais.

289

L'orgueil, évaluation parfois exagérée de nos propres mérites, est une source abondante de beaucoup de vertus. Il se cache au fond des âmes, ayant sa pudeur, et se voile de modestie. Mais il y eut souvent plus d'orgueil sous la bure du moine que sous la pourpre de César.

290

A regarder vivre ses contemporains, on apprend rarement ce que l'on devrait être et souvent ce qu'il convient de ne pas être.

291

Lorsqu'il est entièrement nu l'homme vaut exactement ce qu'il vaut. Est-il alors honnête et intelligent; revêtez-le d'une blouse, d'un uniforme d'officier, d'une soutane ou d'une robe de juge, il sera un ouvrier, un paysan, un officier, un prêtre ou un magistrat, honnête et intelligent. Nu est-il un imbécile ou une canaille, de quelque costume que vous le revêtiez, vous aurez un ouvrier, un officier, un prêtre ou un magistrat, qui ne sera qu'un sot ou un malhonnête homme. Les qualités sont supposées par le costume, le costume ne les confère pas.

292

Ainsi l'escargot se moule en sa coquille, ainsi l'uniforme oblige à certaines qualités ou à l'imitation de certaines qualités. Petit à petit l'homme s'adapte au costume et acquiert, du moins en partie, les vertus et les défauts que le costume suppose. Donc, dans une certaine mesure, l'habit fait le moine.

293

Les imbéciles me rendent muet.

Mars 1924.

IMPRIMERIE INDUSTRIELLE & ARTISTIQUE
: : I. LÉVY : :
15-17, RUE DES MARTYRS, PARIS (9e)
TÉLÉPHONE : TRUDAINE 14-24
REGISTRE DU COMMERCE SEINE 37310

www.ingramcontent.com/pod-product-compliance
Ingram Content Group UK Ltd.
Pitfield, Milton Keynes, MK11 3LW, UK
UKHW031915260826
14628UKWH00003B/1211

9 782329 594613